Benjamin est désolé

D'après un épisode de la série télévisée de Benjamin produite par Nelvana Limited,
Neurones France s.a.r.l. et Neurones Luxembourg S.A.

Basé sur les livres Benjamin
de Paulette Bourgeois et Brenda Clark

Adaptation du livre d'après la série télévisée
écrite par Sharon Jennings
et illustrée par Nelvana.

Scénario télé de Nicola Barton.

Titre original : Franklin says sorry

ISBN 0-439-00510-8

Édition publiée par Les éditions Scholastic, 175, Hillmount Road, Markham
(Ontario) Canada L6C 1Z7, avec la permission de Kids Can Press Ltd.

6 5 4 3 2 1 Imprimé à Hong-Kong 9 / 9 0 1 2 3 4 0

Benjamin est désolé

Basé sur les personnages créés par
Paulette Bourgeois et Brenda Clark

Texte français de Christiane Duchesne

Les éditions Scholastic

Benjamin a de nombreux amis. Il sait ce que veut
dire l'amitié. Il sait que c'est important de partager ses
jouets avec les autres et de tenir ses promesses. Il a
appris à être bon perdant autant que bon gagnant. Un
jour, Benjamin apprend l'importance de savoir s'excuser.

Benjamin et ses amis passent l'avant-midi à fouiller les greniers et les sous-sols, les coffres à jouets et les bacs à recyclage. Ils cherchent des objets pour transformer leur fort dans l'arbre en bateau.

Benjamin porte une vieille casquette.

— Voilà la casquette du capitaine! lance-t-il.

— Et voici le télescope! dit Martin, en plaçant une bouteille devant son œil droit. Par tous les vents du large! Un monstre marin!

— Je ne suis pas un monstre marin, fait Lili. Je suis la sirène, gardienne des trésors engloutis.

— Ça va, moussaillons! dit Benjamin. Transformons notre forteresse en navire!

Ils se mettent tous à peindre et à décorer leur fort. À la
fin de la journée, ils s'arrêtent pour admirer leur travail.

– Ça commence à ressembler à un bateau! dit Arnaud.

— Il manque encore quelque chose, soupire Lili.

— Quelque chose de spécial, dit Martin, en se creusant la tête.

Ils s'entendent tous pour continuer le lendemain matin.

Le lendemain, Benjamin rencontre Martin en route pour le fort. Martin tient dans ses mains une boîte à chaussures.

— Qu'est-ce qu'il y a dans la boîte? demande Benjamin.

Martin cache la boîte derrière son dos.

— Je ne peux pas te le dire, répond-il.

Benjamin est intrigué.

— Et pourquoi pas? demande-t-il encore.

— C'est un secret, explique Martin. Tu le sauras quand tout le monde sera arrivé.

— S'il te plaît, Martin, supplie Benjamin. Je ne dirai rien à personne.

— Bon... D'accord, dit enfin Martin. Mais pas ici...

Martin et Benjamin se hâtent vers le fort. Martin s'assure qu'il n'y a personne aux alentours. Puis, il ouvre la boîte à chaussures et délicatement, il en sort un drapeau. On y voit un bateau sous un arc-en-ciel.

— Un drapeau! s'exclame Benjamin. C'est exactement ce qui manque à notre bateau!

— Je l'ai fait tout seul, déclare fièrement Martin. Je veux l'accrocher à une branche pour faire une surprise aux autres. Mais avant, il faut que je trouve de la corde.

Martin cache le drapeau sous un seau et descend par l'échelle.

— N'oublie pas, Benjamin, tu n'en parles à personne.

Benjamin est en train de coller des hublots lorsque Raffin arrive.

— J'ai trouvé une roue de bateau, crie-t-il.

— Magnifique! dit Benjamin. Et Martin a apporté quelque chose de très spécial.

— Quoi? demande Raffin.

— Je ne peux pas te le dire, répond Benjamin. C'est le secret de Martin.

— Tu peux me le dire, dit Raffin. Je suis l'ami de Martin, moi aussi.

Benjamin réfléchit un peu.

— S'il te plaît, supplie Raffin.

— Ça va, dit lentement Benjamin. Mais tu n'en parles à personne.

— Je sais garder un secret, réplique Raffin.

Benjamin sort le drapeau de sa cachette.

— Ça, c'est toute une trouvaille! s'exclame Raffin.

— Martin va nous le montrer plus tard, explique Benjamin. N'oublie pas, c'est un secret.

— Je ne dirai rien, dit Raffin. Ne t'en fais pas.

Benjamin remet le drapeau à sa place.

— On se revoit après le dîner, Raffin. Et n'oublie pas! Tu n'en parles à personne.

Au début de l'après-midi, Martin s'arrête chez Benjamin.

— J'ai trouvé de la corde, dit Martin. Maintenant, je peux accrocher mon drapeau et le montrer aux autres.

Quand Martin et Benjamin arrivent au fort, ils aperçoivent Raffin en train de montrer le drapeau à Lili et à Arnaud.

— Raffin! crie Benjamin. Je t'avais dit de n'en parler à personne!

Martin regarde Benjamin.

— Je t'avais dit de n'en parler à personne! reprend Martin.

— Mais Raffin a dit qu'il garderait le secret, rouspète Benjamin.

— C'est toi qui devais garder le secret, Benjamin, réplique Martin. Maintenant, je veux mon drapeau. Je pars!

— Attends, Martin! supplie Benjamin en attrapant un coin du drapeau.

— Donne-le-moi! dit Martin en tirant très fort sur son drapeau.

On entend alors un son terrible.

Le drapeau se déchire!

– C'est la dernière fois que je te confie un secret, Benjamin!

Martin lance le drapeau par terre et s'éloigne d'un pas lourd.

Tout les autres regardent Benjamin.

– Je n'ai jamais entendu Martin parler sur ce ton, dit Arnaud.

– Je suis bien contente de n'avoir rien dit à personne, ajoute Lili.

Benjamin a l'air inquiet.

– Je ferais mieux d'aller parler à Martin, dit-il.

Mais Martin ne veut pas lui parler. Malgré toutes les tentatives de Benjamin, Martin fait comme s'il n'existait pas.

Le lendemain matin, Benjamin en parle à Arnaud.

— Martin ne veut plus être mon ami, dit tristement Benjamin. Je suis allé chez lui et il m'a claqué la porte au nez. J'ai voulu faire du vélo avec lui, mais il est parti dans une autre direction. Je lui ai montré un truc drôle près de l'étang, mais il n'a même pas souri.

— Est-ce que tu t'es excusé, Benjamin? demande Arnaud.

— Je lui ai dit que je n'ai pas fait exprès et que je ne le ferai plus jamais, répond Benjamin.

— Mais est-ce que tu t'es vraiment excusé? répète Arnaud.

Benjamin s'apprête à dire quelque chose, mais il s'arrête. Pendant quelques secondes, il ne dit rien.

— Non, répond-il enfin. Je ne me suis pas excusé. Mais je suis vraiment désolé. Qu'est-ce que je peux faire pour que Martin m'écoute?

— Nous allons y réfléchir, dit Arnaud.

Dans l'après-midi, Benjamin et ses amis élaborent un plan. D'abord, ils réparent le drapeau et l'attachent à une branche. Puis, ils attendent tranquillement en espérant que Martin revienne chercher son drapeau. En effet, peu de temps après, il arrive.

— Bonjour, Martin, dit Benjamin. J'ai quelque chose à te dire.

— Je suis seulement venu chercher mon drapeau, dit Martin.

— S'il te plaît, dit Raffin, écoute ce que Benjamin veut te dire.

— Et pourquoi donc? demande Martin.

— Parce que nous nous ennuyons de toi, répondent Arnaud et Lili.

Martin pousse un soupir.

— D'accord, dit-il.

Benjamin inspire profondément.

– Je m'excuse Martin, dit-il. Je suis vraiment désolé d'avoir dévoilé ton secret. S'il te plaît, donne-moi une autre chance.

Martin regarde longuement Benjamin, puis il lui sourit et lui tend la main.

Tous les autres applaudissent.